Blitzmenüs für Zwei

AUTORIN: MARGIT PROEBST | FOTOS: ULRIKE SCHMID, SABINE MADER

Praxistipps

Extra

Rezepte

So stellen Sie Ihr Menü zusammen

Für alle, die nicht regelmäßig zu einem Menü einladen, hier ein paar nützliche Tipps, die Sie bei der Zusammenstellung unbedingt beachten sollten.

Die Jahreszeit ist das erste Kriterium: Im Sommer hat jeder Lust auf was Leichtes, im Herbst und Winter schätzt man eher ein wärmendes Süppchen und ist auch üppigen Desserts gegenüber nicht abgeneigt. Der erste Spargel im Frühling, knackfrische Salate und sonnengereiftes Gemüse im Sommer, frische Waldpilze im Herbst – mit Zutaten, die gerade Saison haben, liegen Sie fast immer richtig.

Gut ausgewählt

Zwei Grundregeln für ein perfektes Menü lauten: Die drei Gänge sollen aufeinander abgestimmt, aber so abwechslungsreich wie möglich sein. Geschmacklich und vom Niveau her sollten sie zusammenpassen. Eine asiatische Vorspeise ist beispielsweise kein guter Auftakt zu einem mediterranen Menü. Nach einer edlen, kunstvoll angerichteten Vorspeise ist ein Eintopfgericht eher enttäuschend. Abwechslung dagegen ist bei den Zutaten und der Zubereitungsart angesagt: Auf eine Gemüsecremesuppe sollte kein Gemüsepüree als Beilage zum Hauptgang folgen. Nach einem Hauptgericht mit Sahnesauce ist ein fruchtiges Dessert die bessere Wahl.

Zeitplanung

Wählen Sie Ihr Menü so aus, dass Sie möglichst viel Zeit mit Ihrem Gast am Tisch verbringen können. Ihr Partner, der beste Freund oder die beste Freundin werden sich ihr Glas schnappen, Sie in die Küche begleiten und Ihnen beim Kochen Gesellschaft leisten. Ein weniger vertrauter Gast aber bleibt allein am Tisch zurück. Es ist also Ehrensache, dass Sie nicht für eine halbe Stunde in der Küche verschwinden. Die Vorspeise sollte so weit vorbereitet sein, dass nur noch wenige Handgriffe nötig sind. Das Dessert wartet bereits im Kühlschrank auf seinen Einsatz und braucht nur noch den letzten Schliff. Nehmen Sie sich außerdem ein Beispiel an den Profis: Stellen Sie alle, wirklich alle Zutaten, Gewürze und Küchenutensilien wie Pfannen, Pürierstab, Alufolie, und was Sie sonst noch brauchen werden, in Griffnähe bereit. Das erspart später lästiges Suchen und hilft bei einem reibungslosen Ablauf.

Plan B

Während der Vorspeise gesteht Ihnen Ihr Gast, dass er gegen die Hauptzutat des nächsten Ganges allergisch ist oder sie nicht mag. Das ist kein Grund zum Verzweifeln, wenn Sie für diesen Notfall vorgesorgt haben: Aus einer Packung frischer Tortellini (aus dem Kühlregal) – am besten mit vegetarischer Füllung, dann ist auch diese Stolperfalle abgedeckt – zaubern Sie ruck, zuck einen feinen Hauptgang für zwei: Während 350 g Tortellini im Salzwasser garen, 150 g Sahne mit einer geschälten, halbierten Knoblauchzehe in einer Pfanne cremig einkochen lassen. 1 Tomate waschen, entkernen, fein würfeln und mit grob zerzupften Blättern von ½ Bund Basilikum oder Rucola untermischen. Mit Salz und Cayennepfeffer würzig abschmecken und die abgetropften Tortellini untermischen. Mit Parmesanspänen garniert, kann sich dieses Blitzgericht sehen lassen!

Perfekt gedeckt Wenn Sie Platzteller besitzen, prima! Falls nicht, decken Sie um einen Teller herum ein, dann nehmen Sie ihn weg und legen dafür die Serviette in die Mitte. Das Besteck wird von außen nach innen benutzt. Für ein 3-Gänge-Menü mit Suppe liegt die Gabel links vom Teller, das Messer rechts (Schneide zeigt nach innen), der Suppenlöffel rechts neben dem Messer. Kuchengabel und Löffel fürs Dessert werden oberhalb des Tellers platziert.

Die Gläser werden immer von außen nach innen und in der Folge der Verwendung angeordnet. Im Bild rechts steht zuerst ein Sektglas für den Aperitif, dann das Wasserglas. Als Nächstes folgen ein Weißweinglas und ein Rotweinglas für den Wein zur Vorspeise bzw. zum Hauptgang. Einige nützliche Tipps zum Thema »Welcher Wein zu welchem Essen?« finden Sie am Ende des Buches auf Seite 64.

Servietten Für ein feines Menü zu zweit sind Stoffservietten die bessere Wahl. Einfache weiße gibt es schon für wenig Geld im Kaufhaus. Umwickeln Sie die gerollte oder gefaltete Serviette mit einer Perlenschnur aus dem Deko-Laden oder, wie im Bild, mit einem glänzenden Damastband plus Blüte.

Aperitifs und feine Häppchen

Bevor es richtig losgeht, heißen Sie Ihren Gast mit einem kleinen Aperitif willkommen. Und servieren Sie ein Häppchen dazu – das stillt den ersten Appetit.

Prosecco Eiskalt muss er sein! Dann bitzelt er so schön auf der Zunge und stimmt den Gaumen auf die kommenden Genüsse ein. Zu langweilig? Wie wäre es dann mit einem herb-fruchtigen **Sbriz** 1 cl Aperol ins Sektglas geben und je zur Hälfte mit trockenem Weißwein und Prosecco auffüllen. Oder mit einem **Kir Royal?** 1 cl Cassis (Johannisbeerlikör) mit Prosecco aufgießen, fertig! Zu besonderen Anlässen, darf's natürlich auch Champagner sein.

Granatapfel-Drink Für alle, die es fruchtig lieben: 1 Granatapfel halbieren (S. 48, Gut zu wissen), die Kerne vorsichtig herauslösen. 1 EL Kerne für die Deko beiseite legen, den Rest durch ein feines Sieb streichen, den Saft dabei auffangen. Den Granatapfelsaft mit 2 EL Granatapfelsirup (aus dem Bioladen) und 100 ml frisch gepresstem Orangensaft verrühren. In zwei Longdrinkgläser verteilen, mit trockenem Sekt aufgießen und die Kerne daraufstreuen.

Ohne Alkohol Im Sommer ist selbst gemachter Pfirsich-Eistee sehr erfrischend: Für 2 Gläser am Vortag aus 400 ml Wasser einen nicht zu starken schwarzen Tee zubereiten, 2 Min. ziehen lassen. Einen reifen Pfirsich schälen, in Spalten vom Stein schneiden, mit 1 EL Zucker zum heißen Tee geben. Abkühlen lassen, über Nacht kalt stellen. Durch ein Sieb in Longdrinkgläser mit Eiswürfeln gießen und mit frischen Pfirsichschnitzen garniert servieren.

Grissini mit Avocado-Dip Für den Dip 1 kleine reife Avocado halbieren und den Kern vorsichtig herausdrehen. Das Fruchtfleisch mit einem Esslöffel aus den Hälften herauslösen. 1–2 EL frisch gepressten Zitronensaft dazugeben und mit einer Gabel fein zerdrücken. 1 kleine Knoblauchzehe schälen und dazupressen. Den Avocado-Dip mit Salz, Cayennepfeffer und 1 Prise Zucker würzig abschmecken. In ein Schälchen füllen und mit Grissini (Fertigprodukt) zum Einstippen servieren.

Crostini mit Thunfisch-Tomaten-Creme
1 kleine Tomate waschen, halbieren, entkernen und fein würfeln. 1 kleine Dose Thunfisch im eigenen Saft (80 g) in einem Sieb abtropfen lassen. 1 EL Kapern (aus dem Glas) abtropfen lassen und grob hacken. 1 EL Mayonnaise mit Thunfisch und Kapern verrühren, salzen, pfeffern und die Tomatenwürfel unterheben. 6 dünne Scheiben Baguette toasten, mit der Creme bestreichen und warm servieren.

Scharfe Pastetentäschchen Ofen auf 200° vorheizen. 3 Scheiben TK-Blätterteig (je ca. 45 g) auftauen lassen, längs halbieren. 1 TL grünen Pfeffer (aus dem Glas) fein hacken und unter 60 g grobe Leberpastete mischen. Je 1 TL auf die untere Hälfte der Teigstreifen setzen, andere Hälfte darüberklappen, Ränder andrücken. Auf ein Blech geben, mit Milch bepinseln. Im Ofen (Mitte, keine Umluft) ca. 20 Min. backen. Lauwarm oder kalt servieren.

Der Auftakt – Vorspeisen

Die Vorspeise stimmt den Gaumen auf das kulinarische Thema des Abends ein. Sie soll leicht sein und nur den ersten Appetit stillen. Für ein Sommermenü ist diese Abwandlung des Klassikers »Schinken mit Melone« genau richtig – mit reifen, aromatischen Früchten und sehr gutem Schinken ist er für mich ein Hochgenuss.

Erdbeer-Mango-Salat mit Schinken

100 g Erdbeeren | 1 kleine reife Mango (ca. 300 g) | 2 Stängel Zitronenmelisse | 2 EL Limettensaft | Salz | Zucker | Pfeffer | 2 EL Walnussöl (ersatzweise neutrales Pflanzenöl) | 6 Scheiben Parmaschinken (ca. 80 g)

Für 2 Personen | 10 Min. Zubereitung
Pro Portion ca. 320 kcal, 12 g EW, 25 g F, 17 g KH

1 Die Erdbeeren waschen, putzen und je nach Größe halbieren oder vierteln. Die Mango schälen, das Fruchtfleisch erst vom Stein und dann in Würfel schneiden. Die Melisse waschen und trocken schütteln, die Blättchen abzupfen und in feine Streifen schneiden.

2 Den Limettensaft in einer Schüssel mit je 1 Prise Salz, Zucker und Pfeffer verrühren und das Öl unterschlagen. Erdbeeren, Mango und Melisse vorsichtig unterheben. Den Salat zusammen mit je 3 Schinkenscheiben auf Tellern anrichten. Dazu schmeckt knuspriges Ciabatta oder Baguette.

macht was her

Rucolasalat mit Ziegenkäse

Leicht bitterer Salat mit süß-würzigem Feigendressing, dazu mit Rosmarin und Honig aromatisierter Ziegenkäse in zarter Teighülle – ein Gedicht!

2 Blätter Filo-Teig (aus dem türkischen Laden)
150 g Ziegenweichkäse (Rolle)
1–2 Zweige Rosmarin
2 TL Honig
1 Bund Rucola
1 Handvoll Feldsalat
1 kleiner Chicorée
1 EL Feigenmarmelade (aus dem Glas)
2 EL milder Weißweinessig
1 TL Dijon-Senf
Salz | Pfeffer
3 EL Olivenöl
Muffinsblech oder 4 ofenfeste Förmchen
etwas Öl für die Form

Für 2 Personen | 20 Min. Zubereitung
Pro Portion ca. 565 kcal, 20 g EW, 37 g F, 37 g KH

1 Den Backofen auf 180° vorheizen, 4 Mulden des Muffinsblechs oder die Förmchen mit Öl einfetten. Den Teig in 8 ca. 15 x 15 cm große Quadrate schneiden. Die Fingerspitzen befeuchten und den Teig damit betupfen. Je 2 Teigquadrate aufeinanderlegen. Den Käse in 4 Stücke schneiden und jedes davon auf ein Teigquadrat setzen.

2 Rosmarin waschen, 4 kleine Ästchen abbrechen und auf den Käse legen. Je ½ TL Honig darüberträufeln und den Teig mit beiden Händen darüber zu einem Säckchen zusammendrücken. Die Teigsäckchen in die Mulden des Muffinsblechs setzen und im Ofen (Mitte) in 10 Min. goldbraun backen.

3 Inzwischen Rucola und Feldsalat waschen, putzen und abtropfen lassen. Den Chicorée putzen, halbieren, vom mittleren Strunk befreien, die Blätter ablösen und waschen. Die Salate auf zwei Teller verteilen, dabei in der Mitte Platz lassen.

4 Für das Dressing die Marmelade mit 1 EL heißen Wasser verrühren, Essig, Senf, 1 kräftige Prise Salz, etwas Pfeffer und das Olivenöl unterrühren.

5 Die Ziegenkäsesäckchen herausnehmen und aus der Muffinsform oder den Förmchen lösen. Den Salat mit dem Dressing beträufeln und je 2 Säckchen in die Mitte setzen.

TIPP FÜR RESTLICHEN FILO-TEIG

Den übrigen Filo-Teig gut einwickeln, damit er nicht austrocknet und für die Pistatzienröllchen auf Seite 56 verwenden.

VARIANTE MIT BACON

Den Honig mit 1 EL gehackten Rosmarinnadeln verrühren und die 4 Ziegenkäsestücke darin wenden. Jedes mit 2 Streifen Bacon (Frühstücksspeck, ca. 80 g) umwickeln, sodass der Käse völlig umhüllt ist. 1 TL Öl in einer kleinen beschichteten Pfanne erhitzen, die Käsepäckchen darin bei schwacher Hitze goldbraun braten. Den Salat wie beschrieben anrichten und je 2 Ziegenkäsepäckchen daraufsetzen.

exquisiter Frühlingsgenuss

Spargelsalat mit Vanille-Vinaigrette

2 Eier
350 g sehr frischer weißer Spargel
1 Bund Brunnenkresse
(oder 1 Handvoll Babyspinat)
½ Vanilleschote
2 EL milder Weißweinessig
½ TL Dijon-Senf
Salz | Pfeffer | Zucker
4 EL Walnussöl
einige Kapuzinerkresseblüten (nach Belieben)

Für 2 Personen | 20 Min. Zubereitung
Pro Portion ca. 330 kcal, 10 g EW, 30 g F, 4 g KH

1 Die Eier in 10–12 Min. hart kochen. Inzwischen den Spargel schälen, die Enden abschneiden. Die Stangen bis ca. 3 cm unterhalb des Kopfes schräg in ca. 2 mm dünne Scheiben schneiden. Die Spargelköpfe längs halbieren. Brunnenkresse waschen und trocken schütteln, die Blätter abzupfen.

2 Eier herausnehmen, kalt abschrecken, pellen und sechsteln. Vanilleschote längs aufschneiden und das Mark in eine Schüssel kratzen. Mit Essig, Senf und je 1 Prise Salz, Pfeffer und Zucker verrühren. Das Öl unterschlagen, bis die Sauce cremig ist. Spargel zur Sauce geben und darin wenden. Mit Brunnenkresseblättern und Eiern auf zwei Tellern anrichten. Nach Belieben mit Blüten garnieren.

EINKAUFSTIPP

Der Spargel muss wirklich knackfrisch sein! Das erkennen Sie an saftigen Enden und dem typischen Quietschen, wenn Sie die Stangen aneinanderreiben.

Herbstsalat mit Biss

Radicchio-Birnen-Salat mit Walnüssen

1 Radicchio (ca. 150 g)
2 EL Himbeeressig (ersatzweise Weißweinessig)
½ TL Zucker
½ TL mittelscharfer Senf
Salz | Pfeffer
3 EL Walnussöl (ersatzweise Olivenöl)
1 reife Birne
10 Walnusshälften
30 g Parmesan (am Stück)

Für 2 Personen | 15 Min. Zubereitung
Pro Portion ca. 340 kcal, 6 g EW, 28 g F, 13 g KH

1 Radicchio putzen, waschen, in mundgerechte Stücke zupfen und in einem Sieb abtropfen lassen.

2 Für das Dressing Essig, Zucker, Senf und je 1 kräftige Prise Salz und Pfeffer verrühren, das Öl unterschlagen, bis eine cremige Salatsauce entsteht.

3 Den Salat auf zwei Teller verteilen. Die Birne vierteln, entkernen, schälen, in mundgerechte Stücke schneiden und darauf verteilen. Die Walnusshälften in Stücke brechen und darüberstreuen. Das Dressing darüberträufeln. Mit einem Sparschäler Späne vom Parmesan abziehen und über dem Salat verteilen. Dazu schmeckt knuspriges Baguette und ein fruchtiger Weißwein.

TIPP

So geht's einfacher: Die Zutaten für das Dressing in einem sauberen Schraubglas kräftig schütteln und bis zum Gebrauch in den Kühlschrank stellen.

oben: Spargelsalat mit Vanille-Vinaigrette | unten: Radicchio-Birnen-Salat mit Walnüssen

chilischarf | auf orientalische Art

Roh marinierter Süßkartoffelsalat

1 mittelgroße Süßkartoffel (ca. 250 g)
½ große rote Chilischote
1 Frühlingszwiebel
½ Bund frische Minze
Saft von 1 Limette
¼ TL Salz | ¼ TL Zucker
½ TL gemahlener Kreuzkümmel
1 EL neutrales Pflanzenöl
1 EL geröstete gesalzene Cashewkerne

Für 2 Personen | 20 Min. Zubereitung
Pro Portion ca. 200 kcal, 3 g EW, 9 g F, 28 g KH

1 Die Süßkartoffel schälen, kalt abwaschen, eventuell längs halbieren und mit dem Sparschäler feine Streifen abziehen. Die Chilischote längs halbieren, entkernen, waschen und in feine Streifen schneiden. Die Frühlingszwiebel putzen, waschen und in sehr feine Ringe schneiden. Die Minze waschen und trocken schütteln, die Blättchen abzupfen und grob hacken.

2 Für die Marinade den Limettensaft mit Salz, Zucker, Kreuzkümmel und Öl verrühren. Die Kartoffel- und Chilistreifen, Frühlingszwiebel und Minze dazugeben und unterheben. Den Salat in zwei Schalen verteilen. Die Cashewkerne grob hacken und darüberstreuen.

TAUSCH-TIPP

Süßkartoffeln gibt es im türkischen Laden oder Bioladen. Wenn Sie keine bekommen (oder sie nicht mögen), nehmen Sie stattdessen Butternut-Kürbis oder Möhren.

Klassiker auf neue Art

Caprese mit Pistazien-Pesto

1 Bund Basilikum
1 kleine Knoblauchzehe
2 EL ungesalzene Pistazienkerne
1 TL Zitronensaft
3 EL kalt gepresstes Olivenöl
3 EL Gemüsebrühe
Salz | Pfeffer
1 EL frisch geriebener Parmesan
2–3 reife Tomaten
1 Kugel Büffelmozzarella (125 g; ersatzweise aus Kuhmilch)

Für 2 Personen | 15 Min. Zubereitung
Pro Portion ca. 385 kcal, 16 g EW, 34 g F, 3 g KH

1 Die Basilikumblätter abzupfen. Den Knoblauch schälen und etwas zerkleinern (s. Tipp). Beides mit Pistazien, Zitronensaft, Öl, Brühe und je 1 Prise Salz und Pfeffer in ein hohes Aufschlaggefäß geben. Mit dem Pürierstab fein pürieren und den Parmesan unterrühren.

2 Die Tomaten waschen, abtrocknen und ohne Stielansätze in Scheiben schneiden. Den Mozzarella trocken tupfen und ebenfalls in Scheiben schneiden. Abwechselnd dachziegelartig auf zwei Tellern anrichten, salzen und pfeffern. Mit dem Pistazien-Pesto beträufeln. Dazu schmeckt knuspriges Ciabatta und ein leichter Rotwein.

KNOBLAUCH-TIPP

Falls vorhanden, entfernen Sie den grünen Trieb im Inneren der Knoblauchzehe, denn er gibt dem Pesto einen leicht penetranten Nachgeschmack.

oben: Roh marinierter Süßkartoffelsalat | unten: Caprese mit Pistazien-Pesto

würzig-frisch

Räucherforellencreme

1 Bio-Zitrone
3 Stängel Dill
125 g geräucherte Forellenfilets
1 TL Meerrettich (aus dem Glas)
80 g Frischkäse (20 % Fett)
Salz | Pfeffer
½ Salatgurke

Für 2 Personen | 20 Min. Zubereitung
Pro Portion ca. 200 kcal, 21 g EW, 6 g F, 5 g KH

1 Die Zitrone heiß abwaschen und abtrocknen. Eine Hälfte für die Deko in Scheiben schneiden. Von der anderen Hälfte ca. ½ TL Schale abreiben, dann den Saft auspressen. Vom Dill acht schöne Spitzen für die Deko beiseitelegen, den Rest von den Stielen zupfen und hacken.

2 Die Forellenfilets in einer Schüssel mit einer Gabel zerdrücken. Zitronensaft und -schale, gehackten Dill, Meerrettich und Frischkäse untermengen. Mit Salz und Pfeffer würzig abschmecken.

3 Die Salatgurke nach Belieben schälen und in dünne Scheiben hobeln. Dachziegelartig auf zwei Tellern anrichten, leicht salzen und pfeffern. Mit zwei Esslöffeln aus der Forellencreme je 2 Nocken formen und auf den Gurkenscheiben anrichten. Mit den Zitronenscheiben und den Dillspitzen garnieren. Dazu schmeckt Vollkornbrot oder Baguette und ein trockener Weißwein.

spanischer Sommersalat

Paprika-Garnelen-Salat

2 reife Tomaten
je 1 rote und gelbe Paprikaschote
1 Stück Salatgurke (ca. 10 cm)
1 Frühlingszwiebel
2 EL Sherryessig (ersatzweise milder Weißweinessig)
Salz | Pfeffer aus der Mühle
3 EL kalt gepresstes Olivenöl
150 g vorgegarte Garnelen (Party-Gambas)

Für 2 Personen | 15 Min. Zubereitung
Pro Portion ca. 275 kcal, 17 g EW, 20 g F, 7 g KH

1 Die Tomaten waschen, halbieren, mit einem Teelöffel entkernen und in ca. ½ cm große Würfel schneiden. Die Paprikaschoten waschen, halbieren, putzen und klein würfeln. Die Gurke nach Belieben schälen, längs halbieren, die Kerne mit einem Löffel herauskratzen und ebenfalls klein würfeln. Die Frühlingszwiebel putzen, waschen und in sehr feine Ringe schneiden.

2 Den Essig mit ¼ TL Salz, etwas frisch gemahlenem Pfeffer und Öl verrühren, bis eine cremige Salatsauce entsteht. Tomaten, Paprikaschoten, Gurke, Frühlingszwiebel und Garnelen untermischen. In zwei Schalen verteilen und mit knusprigem Weißbrot servieren.

MEERESFRÜCHTE-VARIANTE

Sie können auch den Gemüseanteil reduzieren und zu den Garnelen noch andere Meeresfrüchte wie (gegarte) Muscheln und Tintenfischchen geben.

oben: Paprika-Garnelen-Salat | unten: Räucherforellencreme

sehr erfrischend

Geeiste Tomatencreme

An heißen Sommerabenden ist diese andalusische Spezialität genau das Richtige! Mit einem gekühlten trockenen Sherry dazu kommen Urlaubserinnerungen auf.

2 Scheiben Baguette | 2 EL Sherryessig | 300 g aromatische Tomaten | 1 kleine Knoblauchzehe | 4 EL kalt gepresstes Olivenöl | Salz | Cayennepfeffer | 8 grüne Oliven (ohne Stein) | 1 TL rosa Pfefferkörner | 2 kleine Holzspieße | Crushed Ice

Für 2 Personen
20 Min. Zubereitung | 2 Std. Kühlen
Pro Portion ca. 315 kcal, 3 g EW, 28 g F, 15 g KH

1 Das Baguette entrinden, die Krume mit dem Essig beträufeln und in ein hohes Aufschlaggefäß geben. Stielansätze der Tomaten entfernen. Tomaten kurz überbrühen, häuten, halbieren, mit dem Löffel entkernen und zum Brot geben. Den Knoblauch schälen und dazupressen. 3 EL Öl dazugeben und alles fein pürieren. Die Tomatencreme mit Salz und Cayennepfeffer kräftig abschmecken und bis zum Servieren zugedeckt 2 Std. kalt stellen.

2 Zum Servieren je 4 Oliven auf die Spieße stecken. Crushed Ice in zwei größere Schüsseln füllen, je eine kleine Suppenschale hineinstellen. Die Tomatencreme in die Schalen füllen und mit dem übrigen Olivenöl beträufeln. Den rosa Pfeffer im Mörser grob zerstoßen und darüberstreuen, die Olivenspieße darüberlegen. Dazu schmeckt Baguette und ein trockener Sherry (Fino).

VARIANTE – MIT GARNELENSPIESSEN

Stecken Sie je 5 vorgegarte Garnelen (Party-Gambas) auf vier Spieße und bestreichen Sie diese mit einer Mischung aus 2 EL Öl, 1 durchgepressten Knoblauchzehe und ½ TL zerstoßenen Fenchelsamen. Von jeder Seite 1 Min. in der Grillpfanne braten und je 2 Spieße warm zur Tomatencreme (ohne rosa Pfeffer) servieren.

schmeckt nach Südfrankreich

Scharfe Fischsuppe

200 g Seelachsfilet (TK und aufgetaut) | Salz | 1 mittelgroße rote Chilischote | 2 Knoblauchzehen | 1 EL Olivenöl | 1 Döschen Safranfäden (0,1 g) | 2 EL Mayonnaise (aus dem Glas) | 200 ml Fischfond (aus dem Glas) | 250 g stückige Tomaten (aus der Dose) | 4 Scheiben Baguette

Für 2 Personen | 20 Min. Zubereitung
Pro Portion ca. 410 kcal, 24 g EW, 19 g F, 29 g KH

1 Fisch würfeln, salzen. Chilischote waschen, längs halbieren, entkernen, fein hacken. Knoblauch schälen und durchpressen. Jeweils die Hälfte mit Öl unter den Fisch mischen. Safran in 1 EL heißem Wasser auflösen. 1 TL davon mit 1 Prise Salz, Rest Chili und übrigem Knoblauch unter die Mayonnaise rühren.

2 Fond, Tomaten und übrige Safranlösung aufkochen und 5 Min. kochen lassen. Fisch einlegen und bei schwacher Hitze in 2–3 Min. garen. Baguettescheiben toasten, mit Chili-Mayonnaise dazureichen.

kinderleicht und superschnell

Tortellini in brodo

Salz | 150 g frische Tortellini (Füllung nach Belieben; aus der Kühltheke) | 400 ml gute Fleischbrühe | 2–3 braune Champignons | 1 Frühlingszwiebel | ½ Bund Schnittlauch

Für 2 Personen | 10 Min. Zubereitung
Pro Portion ca. 410 kcal, 24 g EW, 19 g F, 29 g KH

1 Wasser aufkochen lassen, salzen und die Tortellini darin nach Packungsanweisung 2–5 Min. garen.

2 Gleichzeitig in einem anderen Topf die Brühe erhitzen. Pilze putzen, in feine Scheiben schneiden und dazugeben. Die Frühlingszwiebel putzen, waschen und in feine Ringe schneiden. Den Schnittlauch waschen, 4 Halme für die Deko beiseitelegen, den Rest in Röllchen schneiden.

3 Tortellini herausheben, in zwei Suppentassen verteilen. Schnittlauch und Frühlingszwiebel darübergeben, die heiße Brühe samt Pilzen darüberschöpfen. Mit Schnittlauchhalmen garnieren.

mit edlen Tropfen

Selleriecremesuppe mit Kürbiskernöl

1 kleine Sellerieknolle (ca. 400 g)
1 kleine Zwiebel
½ Bio-Zitrone | 1 EL Öl
400 ml Gemüsebrühe
1 Stange Staudensellerie
2 EL Crème fraîche
Salz | weißer Pfeffer
frisch geriebene Muskatnuss
2 EL Kürbiskernöl

Für 2 Personen | 25 Min. Zubereitung
Pro Portion ca. 300 kcal, 9 g EW, 23 g F, 15 g KH

1 Sellerie schälen und würfeln. Zwiebel schälen und hacken. Zitronenhälfte abwaschen und in Scheiben schneiden, eventuell die Kerne entfernen. Öl erhitzen, die Zwiebel darin glasig dünsten. Sellerie hinzufügen und 1 Min. unter Rühren mitbraten. Gemüsebrühe und Zitronenscheiben zugeben, aufkochen und zugedeckt 15 Min. kochen lassen.

2 Staudensellerie waschen, in feine Scheibchen schneiden. Suppe vom Herd nehmen, Zitronenscheiben entfernen, und den Sellerie fein pürieren (s. Pürier-Tipp rechts). Staudensellerie unterrühren und bei schwacher Hitze 2 Min. kochen lassen.

3 Crème fraîche unter die Suppe rühren. Mit Salz, Pfeffer und Muskat würzen. In zwei Suppentassen füllen und mit Kürbiskernöl beträufeln.

GUT ZU WISSEN

Durch den Zitronensaft bleibt der Sellerie weiß und gibt der Suppe ein fein-säuerliches Aroma.

kräuterfrisch & vitaminreich

Erbsencremesuppe mit Minz-Pesto

1 kleine Zwiebel
3 EL Olivenöl
300 g TK-Erbsen
400 ml Gemüsebrühe
1 Bund frische Minze
1 kleine Knoblauchzehe
1 EL Pinienkerne
ca. 2 TL Zitronensaft
Salz | Pfeffer | Zucker

Für 2 Personen | 20 Min. Zubereitung
Pro Portion ca. 345 kcal, 9 g EW, 23 g F, 25 g KH

1 Zwiebel schälen, fein hacken. 1 EL Öl erhitzen, die Zwiebel darin 1 Min. anbraten. Die unaufgetauten Erbsen hinzufügen, unter Rühren 1 Min. mitbraten. Brühe angießen, alles aufkochen und zugedeckt bei mittlerer Hitze 10 Min. kochen lassen.

2 Minze waschen und trocken schütteln, die Blätter abzupfen, in ein hohes Aufschlaggefäß geben. Knoblauch schälen und dazupressen. Pinienkerne, restliches Öl und 1 TL Zitronensaft hinzufügen, mit dem Pürierstab fein pürieren. Mit je 1 Prise Salz, Pfeffer und Zucker abschmecken. 4 EL Brühe (ohne Erbsen) aus dem Topf unterrühren.

3 Suppe vom Herd nehmen, die Erbsen fein pürieren. Mit Salz, Pfeffer und Zitronensaft würzen. In Suppentassen verteilen und mit Pesto garnieren.

PÜRIER-TIPP

Bereiten Sie die Cremesuppen in Töpfen mit hohem Rand zu, dann spritzt nichts beim Pürieren.

oben: Erbsencremesuppe mit Minz-Pesto | unten: Selleriecremesuppe mit Kürbiskernöl

Die Hauptgerichte

Mit dem Hauptgang können Sie richtig auftrumpfen, egal, ob mit Fisch, Fleisch oder vegetarisch. Mit Seeteufel habe ich so manchen Skeptiker zum Fischfan gemacht, denn er hat ein aromatisches, festes Fleisch und ist grätenfrei. Und wenn er wie hier mit feinem Gemüse und einer leichten Basilikumsauce daherkommt, kann kaum einer widerstehen.

Seeteufel mit Fenchel-Tomaten-Gemüse

300 g Seeteufelfilet
Salz | Zitronenpfeffer
1 reife Tomate
2 Fenchelknollen (je ca. 150 g)
3 EL Olivenöl
5 EL Weißwein (ersatzweise Wasser
+ 1 Spritzer Zitronensaft)
Pfeffer
2 Stängel Basilikum | 1 EL kalte Butter

Für 2 Personen | 30 Min. Zubereitung
Pro Portion ca. 370 kcal, 26 g EW, 24 g F, 5 g KH

1 Den Fisch kalt abwaschen, mit Küchenpapier abtrocknen und in 6 Medaillons schneiden. Von beiden Seiten mit Salz und Zitronenpfeffer würzen.

2 Stielansatz der Tomate entfernen. Tomate kurz überbrühen, häuten, entkernen und in Streifen schneiden. Fenchel waschen, putzen, halbieren, vom Strunk befreien und in Spalten schneiden.

3 In einer Pfanne 2 EL Öl erhitzen. Den Fenchel darin unter Wenden 3 Min. anbraten. 3 EL Wasser dazugeben, zugedeckt bei schwacher Hitze in 5 Min. weich dünsten.

4 In einer zweiten Pfanne das übrige Öl erhitzen und die Fischmedaillons darin von jeder Seite 2–3 Min. braten. Den Wein angießen, den Fisch zugedeckt bei schwacher Hitze ziehen lassen, bis das Gemüse fertig ist.

5 Die Tomaten unter den Fenchel mischen, salzen und pfeffern. Das Gemüse offen in 2 Min. fertig garen. Basilikumblätter abzupfen, grob zerpflücken, mit der Butter zum Fisch geben. Die Seeteufelmedaillons mit der Basilikumsauce und dem Fenchelgemüse auf vorgewärmten Tellern anrichten.

mit zarter Schärfe

Brasilianischer Fischtopf

Der würzige Knoblauchreis ist in Brasilien eine sehr beliebte Beilage, die zu vielen Fisch- und Fleischgerichten serviert wird.

Für den Fischtopf:
2 Knoblauchzehen
1 große rote Chilischote
Salz
250 g Kabeljaufilet (frisch oder TK und aufgetaut)
4–6 küchenfertige Riesengarnelen (ca. 150 g)
ca. 4 EL Limettensaft
1 große Zwiebel
1 Fleischtomate
1 Bund Koriandergrün
2 EL Öl
1 Tetrapak cremige Kokosmilch (200 ml)
Für den Reis:
2 Knoblauchzehen
1 EL Öl
120 g Basmati-Reis
Salz

Für 2 Personen | 30 Min. Zubereitung
Pro Portion ca. 725 kcal, 45 g EW, 35 g F, 56 g KH

1 Den Knoblauch schälen. Die Chilischote waschen, längs halbieren, entkernen und klein schneiden. Beides im Mörser (oder Blitzhacker) mit ½ TL Salz zerkleinern. Den Fisch kalt abwaschen, mit Küchenpapier abtrocknen, in ca. 3 cm große Würfel schneiden. Die Garnelen am Rücken mit einem scharfen Messer einschneiden und den Darm entfernen. Fisch und Garnelen in einer Schüssel mit der Mischung aus dem Mörser und 3 EL Limettensaft vermengen.

2 Für den Reis den Knoblauch schälen und fein schneiden. Das Öl in einem Topf erhitzen und den Knoblauch darin bei mittlerer Hitze ½ Min. anbraten (Vorsicht, darf nicht zu braun werden, sonst schmeckt er bitter!). Reis und ⅓ TL Salz unterrühren und ½ Min. mitbraten. 300 ml Wasser angießen, aufkochen und zugedeckt 15 Min. bei schwacher Hitze quellen lassen.

3 Inzwischen die Zwiebel schälen und hacken. Die Tomate waschen und ohne den Stielansatz klein schneiden. Das Koriandergrün waschen und trocken schütteln, Blätter und feine Stiele hacken.

4 Öl in einem Topf erhitzen. Zwiebel darin 1 Min. anbraten. Die Tomate und die Hälfte der Kokosmilch dazugeben (Packung vor dem Öffnen kräftig schütteln) und bei starker Hitze 2 Min. einkochen lassen, gelegentlich umrühren. Fisch, Garnelen und die übrige Kokosmilch untermischen und zugedeckt bei mittlerer Hitze 5 Min. schmoren lassen. Koriandergrün unterrühren und mit übrigem Limettensaft und eventuell noch etwas Salz abschmecken. Mit dem Knoblauchreis in Schalen servieren.

WÜRZ-TIPPS

Statt Koriandergrün schmeckt auch Petersilie oder eine Mischung aus Koriandergrün, Petersilie und Schnittlauch. Für den original brasilianischen Geschmackskick können Sie statt neutralem Pflanzenöl unraffiniertes Palmöl (gibt es in Asienläden) verwenden oder zum Schluss 1 EL davon unter den Fischtopf rühren – ist aber nicht jedermanns Geschmack!

edler Klassiker

Zanderfilet auf roten Linsen

2 Stücke Zanderfilet ohne Haut (je ca. 120 g)
Salz | Pfeffer
1 kleine Zwiebel
1 kleine Möhre
1 Stange Staudensellerie
2 EL Olivenöl
120 g rote Linsen
¼ l Gemüsebrühe
1 TL Zitronensaft | 1 EL Aceto balsamico

Für 2 Personen | 25 Min. Zubereitung
Pro Portion ca. 460 kcal, 40 g EW, 15 g F, 41 g KH

1 Den Fisch kalt abwaschen und abtrocknen, beidseitig salzen und pfeffern. Zwiebel schälen und fein hacken. Möhre putzen und schälen, Staudensellerie waschen und putzen. Beides sehr klein würfeln.

2 1 EL Öl in einem Topf erhitzen, die Zwiebel darin unter Rühren 1 Min. anbraten. Möhren- und Selleriewürfel dazugeben, 1 Min. mitbraten. Die Linsen hinzufügen und unterrühren. Die Brühe angießen, aufkochen und die Linsen zugedeckt bei schwacher Hitze 12 Min. kochen lassen, gelegentlich umrühren.

3 Das übrige Öl in einer Pfanne erhitzen. Zanderfilets darin bei starker Hitze 2 Min. braten. Die Hitze reduzieren, den Fisch wenden und auf der zweiten Seite in 2 Min. fertig braten. Vom Herd nehmen.

4 Den Zitronensaft und Essig unter die Linsen rühren, mit Salz und Pfeffer abschmecken. Auf vorgewärmte Teller verteilen und die Zanderfilets daraufsetzen.

würzig | raffiniert

Sesam-Thunfisch mit Süßkartoffelpüree

400 g Süßkartoffeln | 1 kleine Zwiebel
3 EL Öl | 5 grüne Kardamomkapseln
Saft von 1 Orange (ca. 120 ml)
Salz | Cayennepfeffer
2 Thunfischsteaks (je ca. 150 g, frisch oder TK und aufgetaut)
3 EL Sesamsamen
2 TL Meerrettich (aus dem Glas)
1 EL Butter | frisch geriebene Muskatnuss

Für 2 Personen | 30 Min. Zubereitung
Pro Portion ca. 340 kcal, 45 g EW, 35 g F, 56 g KH

1 Süßkartoffeln schälen und ca. 1 cm groß würfeln. Zwiebel schälen, fein würfeln. 1 EL Öl erhitzen. Zwiebel und Kardamomkapseln darin 1 Min. anbraten. Süßkartoffeln dazugeben und 1 Min. mitbraten. Mit Orangensaft ablöschen, mit Salz und Cayennepfeffer würzen und zugedeckt bei schwacher Hitze ca. 15 Min. dünsten, bis sie weich sind.

2 Thunfischsteaks kalt abwaschen und abtrocknen. Beidseitig mit Salz und Cayennepfeffer würzen. Die Sesamsamen auf einen Teller geben. Den Fisch beidseitig mit dem Meerrettich bestreichen und in den Sesamsamen wenden. Das restliche Öl in einer Pfanne erhitzen. Die Thunfischsteaks hineinlegen und bei starker Hitze 2 Min. anbraten. Mit einem Pfannenwender vorsichtig wenden. Die Hitze reduzieren und die Fischsteaks in 2–3 Min. fertig braten.

3 Süßkartoffeln samt Kardamom pürieren und die Butter untermixen. Mit Muskat und eventuell etwas Salz und Cayennepfeffer würzen. Alles anrichten.

oben: Zanderfilet auf roten Linsen | unten: Sesam-Thunfisch mit Süßkartoffelpüree

gelingt leicht

Saibling im Pergament mit Kerbelcreme

So einfach zubereitet und doch so originell! Bei diesem leckeren Hauptgericht ist ganz wichtig: je frischer der Fisch, desto besser.

40 g weiche Butter
2 Saiblinge (je ca. 350 g, küchenfertig vorbereitet)
Salz | Pfeffer
2 Stängel Petersilie
6 kleine vorwiegend festkochende Kartoffeln (ca. 250 g)
2 Händevoll frischer Kerbel
150 g Schmand
2 EL Limettensaft
Zucker
Cayennepfeffer
2 große Stücke Pergamentpapier (ersatzweise Alufolie)

Für 2 Personen | 35 Min. Zubereitung
Pro Portion ca. 810 kcal, 44 g EW, 62 g F, 18 g KH

1 Den Backofen auf 180° vorheizen. Das Pergamentpapier jeweils in der Mitte für die Fische mit etwas Butter bestreichen.

2 Die Fische gründlich waschen und trocken tupfen, innen und außen salzen und pfeffern. Die Petersilie waschen und trocken schütteln, grobe Stiele entfernen. Petersilie und restliche Butter in die Fischbäuche geben. Die Fische so einpacken, dass der Papierfalz oben ist und nichts auslaufen kann. Die eingepackten Fische aufs Blech legen und im Backofen (Mitte, Umluft 160°) 25 Min. garen.

3 Inzwischen die Kartoffeln waschen, in einem Topf mit Wasser bedeckt in ca. 20 Min. garen.

4 Den Kerbel waschen, verlesen, von den groben Stielen befreien und auf Küchenpapier abtropfen lassen. Die Blättchen fein hacken. Mit Schmand, Limettensaft, je 1 Prise Salz, Zucker und Cayennepfeffer verrühren.

5 Die Kartoffeln abgießen, ausdampfen lassen, nach Belieben pellen und mit dem Fisch – mit oder ohne Pergament – auf zwei vorgewärmten Tellern anrichten. Salz für die Kartoffeln und die Kerbelcreme dazuservieren.

SERVIER-TIPP

Wenn Sie sicher sind, dass Ihr Gast den Fisch ohne Mühe selbst auslösen kann, servieren Sie ihn im Pergamentpäckchen. Ansonsten erledigen Sie das in der Küche: den Kopf entfernen und die Haut ablösen. Dann entlang der Mittelgräte bis zur Gräte einschneiden, die oberen Filets auslösen und auf dem Teller anrichten. Lösen Sie die Mittelgräte im Ganzen heraus, damit Sie zu den unteren Filets gelangen. Kopf, Haut und Petersilie wegwerfen.

UND DAZU?

Servieren Sie den Saibling mit Feldsalat und einem trockenen Riesling.

vegetarisch | macht was her

Pilz-Lasagne mit Thymianschaum

Ein hübscher Turm aus zarten Nudelblättern, feinem Pilzragout und einem würzigen Schaumsößchen – so haben Sie Lasagne noch nie gegessen.

1 Schalotte
3 EL Olivenöl
2 EL Portwein (nach Belieben)
150 g Pilzfond (aus dem Glas)
80 g Sahne
½ Bund Thymian
400 g gemischte Pilze (z. B. Steinpilze, Pfifferlinge, Kräutersaitlinge, Morcheln etc.)
Salz
6 Lasagneblätter (ca. 125 g) | Pfeffer
Küchentuch aus Stoff

Für 2 Personen | 30 Min. Zubereitung
Pro Portion ca. 590 kcal, 14 g EW, 33 g F, 54 g KH

1 Die Schalotte schälen und fein hacken. 1 EL Öl in einem Topf erhitzen, die Schalotte darin glasig dünsten. Nach Belieben den Portwein dazugeben und einkochen lassen. Den Pilzfond angießen und bei mittlerer Hitze 15 Min. einkochen lassen.

2 Inzwischen die Sahne cremig aufschlagen und beiseitestellen. Den Thymian waschen und trocken schütteln, die Blättchen abzupfen (soll ca. 1 gehäuften EL ergeben).

3 Die Pilze putzen (nicht waschen; s. Gut zu wissen) und je nach Art und Größe halbieren, vierteln oder in Scheiben schneiden.

4 Wasser in einem großen Topf aufkochen lassen, salzen und die Lasagneblätter darin nach Packungsangabe in 8–10 Min. bissfest kochen. Die Blätter regelmäßig vorsichtig bewegen, damit sie nicht zusammenkleben.

5 Inzwischen das restliche Öl in einer großen Pfanne erhitzen, die Pilze darin bei starker Hitze und unter regelmäßigem Wenden 4–5 Min braten. Salzen, pfeffern und die Hälfte von dem Thymian unterrühren.

6 Die Lasagneblätter vorsichtig einzeln mit einem Pfannenwender herausheben und auf dem Stoffküchentuch abtropfen lassen. Restlichen Thymian und die geschlagene Sahne mit dem Schneebesen unter den eingekochten Fond rühren.

7 Jeweils 1 Lasagneblatt auf zwei vorgewärmte Teller legen, ein Viertel von den Pilzen und etwas Sauce darübergeben. In der gleichen Reihenfolge Nudelblatt, Pilze und Sauce aufschichten. Mit einem Lasagneblatt abschließen und die restliche Sauce darüberträufeln.

UND DAZU?

Dazu schmecken Blattsalate der Saison und ein trockener Weißwein oder auch ein leichter Rotwein.

GUT ZU WISSEN

Waschen Sie Pilze nicht, sie saugen sich schnell voll und verwässern das Pilzragout. Besser nur mit Küchenpapier oder einem Pinsel abreiben. Bei sehr schmutzigen Pilzen 2 EL Mehl in kaltes Wasser geben. Die Pilze darin kurz waschen und auf Küchenpapier abtropfen lassen.

knusprig | mediterran

Zucchini-Tomaten- Gratin

3 EL Olivenöl
2 mittelgroße Zucchini (ca. 400 g)
3 Tomaten
Salz | Pfeffer
100 g Mehl
1 Zweig Rosmarin
40 g Parmesan, frisch gerieben | 1 Eigelb
50 g kalte Butter

Für 2 Personen
20 Min. Zubereitung | 30 Min. Backen
Pro Portion ca. 670 kcal, 18 g EW, 48 g F, 41 g KH

1 Eine ofenfeste Form mit 1 EL Öl einfetten. Die Zucchini und Tomaten waschen, putzen und in ca. 3 mm dicke Scheiben schneiden. Abwechselnd überlappend in die Form schichten, salzen und pfeffern. Mit dem restlichen Öl beträufeln.

2 Den Backofen auf 200° vorheizen. Das Mehl auf eine Arbeitsfläche sieben. Den Rosmarin waschen und trocken schütteln, die Nadeln fein hacken und mit dem Parmesan und dem Eigelb dazugeben. Die Butter in Flöckchen daraufgeben und alles zu krümeligen Streuseln verarbeiten. Die Streusel auf dem Gemüse verteilen. Das Gratin im Backofen (Mitte, Umluft 180°) 30 Min. backen.

UND DAZU?

Dazu schmecken ein bunter Salat mit Rucola und gerösteten Pinienkernen und ein leichter Rotwein.

ZEITPLAN

Das Gratin vorbereiten und erst in den Ofen schieben, wenn Sie Ihrem Gast die Vorspeise servieren. Es ist fertig, wenn es Zeit für den zweiten Gang ist.

ganz frisch am besten

Zitronenrisotto

2 Schalotten
600 ml Gemüsebrühe
2 EL Olivenöl
200 g Risottoreis (z. B. Arborio)
150 ml trockener Weißwein
100 g Zuckerschoten | 1 Bio-Zitrone
2 Stängel Zitronenmelisse | 40 g Butter
40 g Parmesan, frisch gerieben | Salz | Pfeffer

Für 2 Personen | 30 Min. Zubereitung
Pro Portion ca. 840 kcal, 27 g EW, 39 g F, 113 gKH

1 Die Schalotten schälen und fein hacken. Die Gemüsebrühe erhitzen.

2 Das Öl in einem Topf erhitzen und die Schalotten darin glasig dünsten. Reis einrühren und bei mittlerer Hitze 1 Min. unter Rühren anbraten. Mit dem Wein ablöschen und einkochen lassen. Immer wenn der Reis langsam trocken wird, eine Schöpfkelle Brühe angießen und regelmäßig umrühren.

3 Inzwischen die Zuckerschoten waschen, von den Enden befreien und eventuell entfädeln. Die Schoten schräg in ca. 2 cm breite Stücke schneiden. Die Zitrone abwaschen und abtrocknen, die Schale abreiben und 3 EL Saft auspressen. Die Zitronenmelisse waschen und trocken schütteln, die Blätter fein schneiden.

4 Nach 15 Min. Garzeit die Zuckerschoten unter den Reis rühren und weitere 5 Min. köcheln lassen. Nun sollten Sie probieren: Der Reis muss noch Biss haben, darf aber nicht hart sein. 3 EL Zitronensaft, die -schale, Melisse, Butter und Parmesan unterrühren und mit Salz und Pfeffer abschmecken.

oben: Zucchini-Tomaten-Gratin | unten: Zitronenrisotto

macht was her

Schweinefilet mit Apfelsauce

Zartes Fleisch mit sahnig-fruchtiger Sauce und knackigem Brokkoli, raffiniert verfeinert mit Walnussbutter – zum Dahinschmelzen gut.

300 g Schweinefilet (Mittelstück)
Salz | Pfeffer aus der Mühle
1 EL Butterschmalz
1 aromatischer Apfel (z. B. Cox Orange)
2 EL Calvados (nach Belieben)
100 g Apfelsaft
100 g Sahne
300 g Brokkoli
6 Walnusshälften
1 EL Butter

Für 2 Personen | 40 Min. Zubereitung
Pro Portion ca. 570 kcal, 38 g EW, 33 g F, 20 g KH

1 Backofen auf 180° vorheizen. Das Filet trocken tupfen, rundherum salzen und pfeffern. ½ EL Butterschmalz in einer Pfanne erhitzen. Das Filet darin bei mittlerer Hitze von allen Seiten in 4–5 Min. anbraten. In eine ofenfeste Form geben und im Backofen (Mitte, Umluft 160°) 25 Min. braten.

2 Inzwischen den Apfel waschen, vierteln, entkernen und in dünne Spalten schneiden. Das restliche Butterschmalz in der Pfanne erhitzen. Die Apfelspalten dazugeben und darin 1 Min. anbraten. Den Calvados angießen und einkochen lassen. Die Apfelspalten herausnehmen. Apfelsaft und Sahne angießen und die Sauce bei mittlerer Hitze sämig einkochen lassen.

3 Den Brokkoli in Röschen teilen und waschen. Wasser in einem Topf erhitzen, kräftig salzen und den Brokkoli darin in ca. 5 Min. bissfest garen. Das Gemüse mit einem Schaumlöffel herausheben und warm halten. Die Walnüsse grob hacken. Die Butter in einer kleinen Pfanne schmelzen lassen und die Walnüsse darin 1–2 Min. anrösten. Mit etwas Pfeffer übermahlen.

4 Das Filet aus dem Ofen nehmen, in Alufolie wickeln und 5 Min. ruhen lassen. Die Apfelspalten in die Sauce geben und wieder erwärmen. Den Brokkoli auf zwei vorgewärmte Teller verteilen und mit der Walnussbutter beträufeln. Das Filet in Scheiben schneiden und mit der Apfelsauce anrichten.

ZEITPLAN

Mit mehreren Töpfen und Pfannen gleichzeitig zu hantieren, erfordert etwas Übung. Bei einem weniger vertrauten Gast, der nicht mit in die Küche kommen wird, bereiten Sie die Sauce vor und erwärmen sie nur noch. Den Brokkoli waschen und putzen Sie im Voraus, sodass er direkt ins kochende Wasser kann. Die Butter stellen Sie mit den gehackten Walnüssen schon im Pfännchen bereit.

UND DAZU?

Zu trinken passt ein fruchtiger Weißwein. Und wem Gemüse als Beilage nicht reicht, kann noch pro Person 60 g Bandnudeln bissfest garen und dazuservieren.

indisch inspiriert

Kürbis-Hähnchenkeulen

2–3 Hähnchenkeulen (je nach Appetit, je ca. 250 g)
Salz | 1 Stück frischer Ingwer (ca. 4 cm)
2 Knoblauchzehen | 100 g Joghurt
1 EL Currypulver | 250 g Kürbisfleisch (geputzt gewogen, ersatzweise gelbe oder grüne Zucchini)
2 EL Butterschmalz (oder Öl)
1 Lorbeerblatt | 1 Stange Zimt | 4 Gewürznelken
100 ml Gemüsebrühe | ½ Bund Koriandergrün

Für 2 Personen
25 Min. Zubereitung | 20 Min. Schmoren
Pro Portion ca. 405 kcal, 50 g EW, 15 g F, 15 g KH

1 Hähnchenkeulen im Gelenk in zwei Teile schneiden und häuten. Das Fleisch kalt abwaschen, abtrocknen und die Stücke jeweils 2–3 mal einschneiden und salzen. Ingwer und Knoblauch schälen und etwas zerkleinern. Im Blitzhacker mit Joghurt und Currypulver zu einer feinen Paste verarbeiten. Die Hähnchenteile in einer Schüssel damit vermischen.

2 Das Kürbisfleisch ca. 2 cm groß würfeln. Das Butterschmalz in einer Schmorpfanne erhitzen. Lorbeerblatt, Zimt und Nelken darin 1 Min. anrösten. Hähnchenteile darin bei mittlerer Hitze von allen Seiten in 5 Min. anbraten. Kürbis und Brühe unterrühren und zugedeckt bei schwacher Hitze 20 Min. (Zucchini 12–15 Min.) schmoren lassen, öfter umrühren.

3 Das Koriandergrün waschen und trocken schütteln, die Blättchen grob hacken und unterrühren.

UND DAZU?
Dazu passen Basmati-Reis und ein kühles Bier.

mediterran | gelingt leicht

Gefüllte Hähnchenbrust

2 Hähnchenbrustfilets (je ca. 150 g)
Salz | Pfeffer
4 in Öl eingelegte getrocknete Tomaten + 2 EL Einlegeöl
100 g entsteinte schwarze Oliven
1 Knoblauchzehe | 1 Zwiebel | 1 Stängel Salbei
1 Zweig Rosmarin | 2 EL Pinienkerne
150 ml trockener Weißwein (oder Geflügelfond aus dem Glas)
kleine Holzspieße

Für 2 Personen
25 Min. Zubereitung | 15–20 Min. Schmorzeit
Pro Portion ca. 485 kcal, 50 g EW, 15 g F, 15 g KH

1 Das Fleisch kalt abspülen und abtrocknen. In jedes Filet eine Tasche einschneiden, innen und außen salzen und pfeffern. Tomaten und 6 Oliven klein würfeln, die Filets damit füllen. Die Taschen mit Holzspießchen zusammenstecken. Knoblauch und Zwiebel schälen und fein hacken. Kräuter waschen.

2 Tomateneinlegeöl in einer Schmorpfanne erhitzen. Das Fleisch darin bei mittlerer Hitze auf einer Seite 2 Min. anbraten, dann wenden, Knoblauch, Zwiebel, Pinienkerne und Kräuterzweige dazugeben und 2 Min. mitbraten. Wein angießen, restliche Oliven dazugeben und alles zugedeckt 15–20 Min. schmoren lassen. Falls Sie für den zweiten Gang noch nicht bereit sind, stellen Sie die Pfanne nach dem Schmoren in den auf 70° vorgeheizten Ofen.

UND DAZU?
Dazu schmecken Bandnudeln oder knuspriges Ciabatta und ein fruchtiger Weißwein.

oben: Kürbis-Hähnchenkeulen | unten: Gefüllte Hähnchenbrust

macht was her

Entenbrust mit Mango

Rosig gebratene Entenbrust mit einer fruchtig-scharfen Sauce aus Mango und Chilis – ein besonderer Genuss für alle, die es exotisch lieben.

1 Entenbrust (ca. 300 g)
Salz | Cayennepfeffer
1 Bund Frühlingszwiebeln
1 reife Mango
1 große rote Chilischote
1 Knoblauchzehe
1 EL Cashewkerne
200 g Pappardelle (breite Bandnudeln)
4 EL Sherry medium (ersatzweise Orangensaft)
Alufolie

Für 2 Personen | 40 Min. Zubereitung
Pro Portion ca. 880 kcal, 43 g EW, 30 g F, 97 g KH

1 Die Entenbrust waschen und mit Küchenpapier abtrocknen. Die Haut kreuzweise einritzen. Rundherum mit Salz und Cayennepfeffer einreiben.

2 Die Frühlingszwiebeln putzen und waschen, die weißen und grüne Teile separat in schräge Ringe schneiden. Die Mango schälen, das Fruchtfleisch erst vom Kern und dann in ca. 1 cm große Würfel schneiden.

3 Die Chilischote waschen und in feine Ringe schneiden. Um ihre Schärfe zu mildern und die Kerne zu entfernen, bis zum Gebrauch in ein Schälchen mit kaltem Wasser legen. Knoblauch schälen und fein hacken. Cashewkerne grob hacken.

4 Die Entenbrust mit der Hautseite in eine kalte Pfanne legen und auf mittlere Hitze erwärmen. Offen 6–7 Min. sanft braten, bis das Fett austritt und die Haut goldbraun ist. Die Entenbrust wenden und ca. 8 Min. weiterbraten (s. Gut zu wissen). Wenn sie fertig ist, herausnehmen und in Alufolie wickeln.

5 Inzwischen Wasser in einem Topf aufkochen lassen, salzen und die Nudeln darin nach Packungsangabe in ca. 5 Min. bissfest kochen.

6 Die Chiliringe aus dem Wasser nehmen und mit Küchenpapier abtrocknen. Das Entenbrustfett aus der Pfanne abgießen, die Pfanne wieder erwärmen. Weiße Frühlingszwiebelringe, Knoblauch und Chiliringe darin 1 Min. anbraten. Mit dem Sherry ablöschen. Mangowürfel und Frühlingszwiebelgrün untermischen und kurz erwärmen. Mit Salz abschmecken.

7 Die Nudeln in ein Sieb abgießen und abtropfen lassen. Die Entenbrust in Scheiben schneiden und mit den Nudeln auf vorgewämten Tellern anrichten. Die Mangomischung über dem Entenfleisch verteilen und die Cashewkerne darüberstreuen.

GUT ZU WISSEN

Eine perfekt gebratene Entenbrust hat einen zartrosa Kern. Doch wie erkenne ich das von außen? Machen Sie zum Ende der Garzeit regelmäßig die Druckprobe mit dem Daumen: Gibt die Entenbrust weich nach, ist sie innen noch blutig. Wenn sie sich gerade fest anfühlt, ist sie genau richtig, also innen schön rosig.

gelingt ganz leicht

Pfeffersteak mit grünem Spargel

Sie wissen, Ihr Gast hat gerne ein ordentliches Steak auf dem Teller? Dann wird er entzückt sein über dieses Prachtexemplar mit Rosa-Pfeffer-Butter.

2–3 Bärlauchblätter (s. rechts Buttervarianten)
1 EL rosa Pfefferkörner | Salz
80 g weiche Butter
250 g kleine Kartoffeln (z. B. Drillinge)
½ TL Kümmel
500 g grüner Spargel
2 Rumpsteaks (je ca. 150 g)
Pfeffer
3 EL Olivenöl
1 Stück Alufolie

Für 2 Personen | 35 Min. Zubereitung
Pro Portion ca. 780 kcal, 41 g EW, 59 g F, 23 g KH

1 Die Bärlauchblätter waschen, trocken schütteln und sehr fein schneiden. Den rosa Pfeffer mit 1 kräftigen Prise Salz im Mörser grob zerstoßen. Alles unter die Butter rühren. Butter auf die Alufolie geben, zu einer Rolle formen und ins Tiefkühlfach legen.

2 Die Kartoffeln gründlich waschen, mit Schale und Kümmel in einem Topf mit Wasser bedeckt in ca. 15 Min. garen.

3 Inzwischen den Backofen auf 120° vorheizen. Den Spargel im unteren Drittel schälen, die Enden abschneiden und die Stangen längs halbieren. Die Steaks mit Küchenpapier trocken tupfen, auf beiden Seiten salzen und pfeffern.

4 Eine Grillpfanne erhitzen und 1 EL Öl hineingeben. Die Steaks einlegen und bei mittlerer Hitze von jeder Seite 3–5 Min. (medium oder durch) braten. Das Fleisch in eine ofenfeste Form geben und im Backofen ziehen lassen, bis der Spargel und die Kartoffeln fertig sind.

5 Das restliche Öl in die Grillpfanne geben und den Spargel darin unter regelmäßigem Wenden 5–6 Min. braten. Salzen und pfeffern.

6 Die Kartoffeln abgießen, pellen und mit den Steaks und dem gebratenen Spargel auf zwei vorgewärmte Teller verteilen. Die Pfefferbutter in Scheiben schneiden und auf das Fleisch geben.

GUT ZU WISSEN

Kümmel im Kochwasser macht die Pellkartoffeln aromatischer, wird aber nicht mitgegessen.

BUTTERVARIANTEN

Außerhalb der Bärlauchzeit ersetzen Sie den Bärlauch durch 1 Handvoll Basilikumblätter und eine kleine durchgepresste Knoblauchzehe. Statt mit rosa Pfeffer können Sie die Butter auch mit 2 fein gewürfelten getrockneten Tomaten, 2 EL fein gehacktem Rucola und 1–2 zerbröselten getrockneten Peperoncini aromatisieren.

orientalisch inspiriert

Kalbskotelett mit Auberginen-Couscous

1 mittelgroße Aubergine | Salz
3 EL neutrales Pflanzenöl
je ½ TL gemahlener Kreuzkümmel und Koriander
1 Knoblauchzehe
2 Kalbskoteletts (je ca. 200 g; evtl. beim Metzger vorbestellen) | 6 Kirschtomaten
200 ml Gemüsebrühe | 100 g Couscous (Instant)

Für 2 Personen | 30 Min. Zubereitung
Pro Portion ca. 530 kcal, 35 g EW, 24 g F, 43 g KH

1 Aubergine waschen und ca. 1 cm groß würfeln. Salzen und Wasser ziehen lassen. 1 EL Öl mit den Gewürzen verrühren. Knoblauch schälen und dazupressen. Koteletts trocken tupfen, salzen und mit dem Gewürzöl bestreichen. Die Tomaten waschen.

2 Den Backofen auf 150° vorheizen. Eine Grillpfanne erhitzen, die Koteletts darin ohne Fett bei mittlerer Hitze von jeder Seite 3 Min. anbraten. Tomaten daneben setzen und die Pfanne 12 Min. in den Backofen (Mitte, Umluft 120°) stellen.

3 Brühe in einem Topf aufkochen lassen, Couscous hinzufügen und zugedeckt nach Packungsanweisung 5–7 Min. quellen lassen. Auberginenwürfel trocken tupfen. Übriges Öl in einer Pfanne erhitzen, Auberginen darin unter Wenden in 3–4 Min. goldbraun braten. Den Couscous mit einer Gabel auflockern und die Auberginenwürfel untermischen.

UND DAZU?

Cremiger Joghurt, der mit Knoblauch, Salz und 1 Prise Kreuzkümmel gewürzt ist, und ein kräftiger Weißwein.

fruchtig & würzig

Lammspieße mit Gewürzreis

1 kleine Zwiebel | 3 EL Öl
½ TL Kreuzkümmel | 1 Lorbeerblatt
je 3 Gewürznelken und grüne Kardamomkapseln
120 g Basmati-Reis | Salz
250 g Lammrückenfilet
4 Scheiben Frühstücksspeck (40 g)
8 Datteln (oder weiche getrocknete Aprikosen)
1 Bund Frühlingszwiebeln | Pfeffer
4 EL Sherry medium (oder Orangensaft)
4 Holzspieße (ca. 20 cm) | Öl für die Spieße

Für 2 Personen | 25 Min. Zubereitung
Pro Portion ca. 1120 kcal, 58 g EW, 64 g F, 70 g KH

1 Zwiebel schälen, fein würfeln. 1 EL Öl erhitzen. Zwiebel und Gewürze darin unter Rühren 2 Min. anbraten. Reis und ¼ TL Salz unterrühren, mit ¼ l Wasser ablöschen, aufkochen, zugedeckt 15 Min. quellen lassen. Nelken und Kardamom entfernen.

2 Fleisch in 12 Würfel schneiden. Speckstreifen quer halbieren. Datteln entkernen, je in ½ Speckstreifen wickeln. Frühlingszwiebeln putzen, waschen, die weißen Teile in dattelgroße Abschnitte schneiden, den Rest längs halbieren und beiseitelegen. Spieße einölen, abwechselnd Fleisch, Speckdatteln und Frühlingszwiebelstücke aufstecken.

3 Übriges Öl erhitzen. Spieße darin 2–3 Min. anbraten und wenden. Frühlingszwiebeln daneben verteilen, beides in 2–3 Min. fertig braten. Salzen und pfeffern, mit Gewürzreis auf vorgewärmte Teller geben. Den Bratensatz mit Sherry ablöschen, aufkochen lassen und über die Spieße träufeln.

oben: Lammspieße mit Gewürzreis | unten: Kalbskotelett mit Auberginen-Couscous

mit feiner Haselnusshaube

Hirschmedaillons mit Gemüsenudeln

Für die Nudeln:
1 Möhre
1 kleiner Zucchino (ca. 200 g)
2 Frühlingszwiebeln
120 g breite Bandnudeln
1 EL Butter
Für die Medaillons:
1 Bund Petersilie
1 kleine Knoblauchzehe
50 g Haselnüsse
Salz | Zucker | Pfeffer
1 Eiweiß
4 Hirschmedaillons (je ca. 100 g)
1 EL Öl
100 ml Wildfond (aus dem Glas)
1 EL Preiselbeeren (aus dem Glas)

Für 2 Personen | ◎ 40 Min. Zubereitung
Pro Portion ca. 790 kcal, 57 g EW, 35 g F, 56 g KH

1 Für die Nudeln die Möhre putzen und schälen, den Zucchino waschen und putzen. Beide längs halbieren und mit einem Sparschäler bandnudelförmige Streifen abziehen (Bild 1). Die Frühlingszwiebeln putzen und waschen. Den weißen Teil anderweitig verwenden, das Grün längs halbieren.

2 Für die Haselnusshaube die Petersilie waschen und trocken schütteln, grobe Stiele entfernen. Den Knoblauch schälen. Beides mit den Haselnüssen und je 1 Prise Salz, Zucker und Pfeffer im Mixer mittelfein zerkleinern. Das Eiweiß mit 1 Prise Salz steif schlagen. Die Nussmasse locker unter den Eischnee heben.

3 Den Backofen auf 180° vorheizen. Die Hirschmedaillons salzen und pfeffern. Das Öl in einer Pfanne erhitzen. Das Fleisch darin von beiden Seiten je 1 Min. scharf anbraten und in eine ofenfeste Form setzen; die Pfanne nicht auswaschen. Den Nussschnee mit einem Löffel auf die Medaillons häufen (Bild 2). Im Backofen (Mitte, Umluft 160°) 10 Min. backen.

4 Inzwischen in einem Topf Wasser für die Nudeln aufkochen lassen, salzen und die Nudeln darin nach Packungsangabe in ca. 5 Min. bissfest kochen. 2 Min. vor Ende der Garzeit das vorbereitete Gemüse dazugeben und mitkochen.

5 Die Pfanne mit dem Bratensatz erhitzen, mit dem Fond ablöschen. Bei starker Hitze auf die Hälfte einkochen lassen. Die Preiselbeeren unterrühren und mit Salz und Pfeffer abschmecken.

6 Die Gemüsenudeln in ein Sieb abgießen und abtropfen lassen, die Butter unterziehen und nach Belieben pfeffern.

7 Die Hirschmedaillons mit den Gemüsenudeln und der Preiselbeersauce auf vorgewärmten Tellern anrichten (Bild 3) und sofort servieren.

VARIANTE

Wer nicht gerne Wild isst, kann auch Rinderfiletmedaillons auf diese Weise zubereiten.

EINFRIER-TIPP

Den restlichen Fond können Sie portionsweise in kleinen Plastikdosen (Mengenangabe darauf schreiben!) einfrieren.

1

2

3

Zum Finale – Desserts

Knuspriger Blätterteig mit luftig-cremiger Füllung und frischen Beeren – mein aktuelles Lieblingsdessert macht was her und geht so einfach, dass jeder damit glänzen wird. Wer es fruchtig oder doch lieber cremig mag, findet auch einen passenden Abschluss. Süßes mögen Sie nicht? Auf Seite 58 gibt es zwei raffinierte Desserts für Käseliebhaber.

Himbeertürmchen mit Limettencreme

2 quadratische Scheiben TK-Blätterteig (je ca. 45 g)
1 TL Puderzucker
1 TL ungesalzene Pistazienkerne
100 g Sahne
2 EL Magerquark (100 g)
2 EL Limettensaft
1 ½ EL Ahornsirup
125 g frische Himbeeren
Backpapier für das Blech

Für 2 Personen | 25 Min. Zubereitung
Pro Portion ca. 455 kcal, 12 g EW, 30 g F, 34 g KH

1 Den Backofen auf 200° vorheizen, das Blech mit Backpapier belegen. Den Blätterteig antauen lassen, die Scheiben diagonal halbieren und auf das Blech legen. Im Backofen (Mitte, keine Umluft) 10 Min. backen. Kurz herausnehmen, den Puderzucker darübersieben und die Blätterteigecken in 3 Min. goldbraun backen. Herausnehmen und auskühlen lassen.

2 Inzwischen die Pistazien hacken. Die Sahne steif schlagen. Quark, Limettensaft und Ahornsirup in einer Schüssel verrühren, die Sahne unterheben. Die Himbeeren verlesen, möglichst nicht waschen.

3 Die Blätterteigdreiecke quer durchschneiden, 6 Ecken auswählen (zwei Unterseiten anderweitig verwenden). Auf zwei Tellern jeweils 1 Blätterteigecke legen, je ein Viertel der Quarkcreme daraufgeben und ein Viertel der Himbeeren darauf verteilen. Jeweils mit 1 weiteren Blätterteigecke abdecken, restliche Quarkcreme und übrige Himbeeren daraufgeben. Die Türmchen mit den übrigen Blätterteigecken abdecken und mit den gehackten Pistazien umstreuen.

Klassiker auf neue Art

Vanillebirnen mit Sesamkrokant

50 g Zucker
2 EL Sesamsamen
½ Vanilleschote
120 ml Birnensaft
2 reife Birnen | 1 EL Zitronensaft
Backpapier für das Blech

Für 2 Personen | 20 Min. Zubereitung
Pro Portion ca. 270 kcal, 3 g EW, 5 g F, 51 g KH

1 Zucker und Sesamsamen in eine kleine Pfanne geben und bei mittlerer Hitze zu goldgelbem Karamell schmelzen (Vorsicht, der Karamell darf nicht zu dunkel werden, sonst schmeckt er bitter!). Ein Blech mit Backpapier belegen, die Sesammasse daraufgießen, dünn ausstreichen und auskühlen lassen.

2 Die Vanilleschote längs aufschneiden, das Mark herauskratzen. In einer großen Pfanne Birnensaft, Vanillemark und ausgekratzte Schote aufkochen und bei starker Hitze 3–4 Min. einkochen lassen. Inzwischen die Birnen waschen, vierteln, entkernen und die Viertel in ca. 2 mm dünne Spalten schneiden. Den Zitronensaft unter den eingekochten Birnensaft rühren und die Birnenspalten untermischen. Vom Herd nehmen und zugedeckt 5 Min. ziehen lassen.

3 Die Birnenspalten fächerförmig auf zwei Desserttellern anrichten. Sesamkrokant im Mörser grob zerstoßen und darüberstreuen. Sofort servieren.

KROKANT-TIPP

Keinen Mörser zur Hand? Dann füllen Sie den Sesamkaramell in einen Klarsichtbeutel und schlagen einige Male kräftig mit dem Hammer drauf.

Frucht pur | gelingt leicht

Orangen-Granatapfel-Salat

½ Granatapfel
2 große Orangen
1 Stängel Minze

Für 2 Personen | 10 Min. Zubereitung
Pro Portion ca. 120 kcal, 2 g EW, 1 g F, 28 g KH

1 Die Kerne vorsichtig aus der Granatapfelhälfte lösen (s. Gut zu wissen), den Saft dabei auffangen. Weiße Stückchen von den Trennwänden aussortieren, denn sie schmecken bitter.

2 Die Orangen bis ins Fruchtfleisch schälen, in dünne Scheiben schneiden und auf zwei Tellern anrichten. Die Minze waschen und trocken schütteln, Blätter abzupfen und in Streifen schneiden. Die Granatapfelkerne und die Minze über die Orangen streuen und den Granatapfelsaft darüberträufeln.

GUT ZU WISSEN

Granatäpfel gedeihen in tropischem und subtropischem Klima und wachsen an strauchartigen Bäumen. Die bei uns in türkischen und orientalischen Läden angebotenen Granatäpfel stammen meist aus Spanien oder der Türkei. Um an das fruchtige Innere mit den wie Edelsteine funkelnden Kernen zu gelangen, schneiden Sie den Kelchansatz keilförmig heraus und brechen die Frucht dann auseinander. Die hier nicht verwendete Hälfte können Sie wie eine Orange auspressen und den Saft pur trinken oder für den Aperitif auf Seite 6 verwenden.

SERVIER-TIPPS

Besonders erfrischend: Legen Sie den Granatapfel und die Orangen 1 Std. vorher in den Kühlschrank.

oben: Vanillebirnen mit Sesamkrokant | unten: Orangen-Granatapfel-Salat

Frühlingsglück | gelingt leicht

Erdbeeren mit Orangen-Gremolata

200 g reife Erdbeeren
½ Bio-Orange
20 g weiße Schokolade
2 Stängel Zitronenmelisse
1 EL Orangenlikör (nach Belieben)

Für 2 Personen | 15 Min. Zubereitung
Pro Portion ca. 120 kcal, 3 g EW, 4 g F, 15 g KH

1 Die Erdbeeren waschen, putzen und in Scheiben schneiden. Dachziegelartig auf zwei Teller legen.

2 Die Orangenhälfte heiß abwaschen und abtrocknen. Die Schale mit einem Zestenreißer (s. Gut zu wissen) abreißen, dann den Saft auspressen.

3 Die Schokolade in kleine Stückchen brechen. Die Zitronenmelisse waschen und trocken schütteln, die Blätter abzupfen.

4 Orangenzesten, Zitronenmelisse und Schokostückchen fein hacken und über die Erdbeeren streuen. Den Orangensaft nach Belieben mit dem Likör mischen und darüberträufeln.

DEKO-TIPP

Wer mag, kann noch mit einem Sparschäler weiße Schokospäne darüberhobeln.

GUT ZU WISSEN

Wer keinen Zestenreißer hat, schält die Schale hauchdünn mit dem Sparschäler ab und schneidet sie in sehr feine Streifen. Achten Sie darauf, keine weiße Haut mit abzuschälen, sie schmeckt bitter.

leicht & locker | am besten vorbereiten

Joghurt-Mousse mit Mohn

1 Vanilleschote
2 EL Mohnsamen
2 EL Zucker
100 g Sahne
400 g Naturjoghurt (3,5 % Fett)
250 g Früchte der Saison (z. B. Erdbeeren, Johannisbeeren, Pfirsiche)
1 Stängel Zitronenmelisse
Küchensieb plus Auffangschüssel
Küchentuch aus Stoff

Für 2 Personen | 20 Min. Zubereitung
Pro Portion ca. 420 kcal, 11 g EW, 27 g F, 32 g KH

1 Am Vorabend die Vanilleschote längs aufschneiden und das Mark herauskratzen. Das Vanillemark mit Mohn und Zucker im Blitzhacker fein mahlen. Die Sahne cremig (nicht steif) aufschlagen. Den Joghurt in einer Schüssel mit der Mohnmischung verrühren und die cremige Sahne unterheben. Das Sieb mit dem Küchentuch auslegen, die Joghurt-Sahne-Mischung hineinfüllen und mit den Ecken des Küchentuchs abdecken. Das Sieb in eine Schüssel hängen und über Nacht in den Kühlschrank stellen, damit die Molke abfließen kann und eine luftige Creme entsteht.

2 Zum Servieren die Früchte waschen, eventuell schälen, in mundgerechte Stücke schneiden und auf zwei Teller verteilen. Aus der Joghurt-Mousse mit zwei Esslöffeln Nocken formen und auf den Früchten anrichten. Melisseblättchen abzupfen, abreiben und die Mousse damit garnieren.

oben: Erdbeeren mit Orangen-Gremolata | unten: Joghurt-Mousse mit Mohn

macht was her | gelingt leicht

Weißwein-Apfel-Trifle mit Zimtcreme

Creme, Obst und Kekse – eine fabelhafte Kombination! Ein süßer Abschluss, der sich prima vorbereiten lässt und geduldig im Kühlschrank auf den Einsatz wartet.

1 säuerlicher Äpfel (z. B. Boskop) | 100 ml Weißwein | ½ Stange Zimt | 1 TL Vanillezucker | 1–2 EL Calvados (nach Belieben) | 80 g Sahne | 125 g Mascarpone | 1 EL Puderzucker | 4 EL Eierlikör | 1 ½ TL Zimtpulver | 1 Handvoll Amarettini (italienische Mandelmakronen)

Für 2 Personen | 20 Min. Zubereitung
Pro Portion ca. 665 kcal, 5 g EW, 47 g F, 26 g KH

1 Apfel schälen, in Spalten schneiden und mit Wein, Zimt und Vanillezucker in einem Topf aufkochen und zugedeckt 3–4 Min. kochen lassen, bis die Äpfel weich sind, aber nicht zerfallen. In ein Sieb abgießen, dabei den Sud auffangen und wieder in den Topf geben, Zimtstange entfernen. Den Weinsud bei starker Hitze auf 2–3 EL einkochen lassen, nach Belieben den Calvados unterrühren. Zu den Äpfeln geben und etwas abkühlen lassen.

2 Sahne steif schlagen. Mascarpone in einer Schüssel mit Puderzucker, Eierlikör und 1 TL Zimtpulver verrühren, geschlagene Sahne unterheben.

3 Ein paar Amarettini beiseite legen, den Rest ca. 2 cm hoch in zwei Gläser bröseln. Äpfel samt Calvados-Weinsud darüberschichten, mit Zimtcreme abschließen, kalt stellen. Zum Servieren mit übrigem Zimtpulver und restlichen Amarettini dekorieren.

KALORIEN-SPARTIPP

Mascarpone schmeckt supercremig, kein Wunder bei 80 % Fettgehalt! Figurbewusste ersetzen ihn ganz oder zur Hälfte durch Cremequark mit 0,1 % Fett.

VARIANTE – MIT ZWETSCHGEN

Statt Apfel 8–10 entsteinte, halbierte Zwetschgen nehmen. Die Zwetschgen mit 1 Stange Zimt und 2 Gewürznelken in 100 ml Rotwein weich kochen. Mit zerbröselten Löffelbiskuits und der Zimtcreme in Gläser schichten.

blitzschnell geschichtet

Bananen-Schichtcreme im Glas

1 reife Banane | 2 EL Zitronensaft | 100 g Sahne | 1 TL Vanillezucker | 100 g Schoko-Biskuits (Fertigprodukt) | 8 EL Marsala (italienischer Dessertwein; oder Ananassaft) | 4 TL Schokospäne

Für 2 Personen | 12 Min. Zubereitung
Pro Portion ca. 470 kcal, 6 g EW, 20 g F, 57 g KH

1 Banane mit einer Gabel fein zerdrücken, sofort mit Zitronensaft vermischen. Sahne mit Vanillezucker steif schlagen und unter das Mus ziehen.

2 Die Hälfte der Biskuits zerpflücken, in zwei Gläser geben und mit je 2 EL Marsala beträufeln. Jeweils ein Viertel der Bananensahne daraufgeben und 1 TL Schokospäne darüberstreuen. Die restlichen Biskuits daraufbröseln, mit Marsala tränken und die restliche Creme darauf verteilen. Mit den übrigen Schokospänen bestreuen und bis zum Servieren kalt stellen.

superschnell und einfach

Sherry-Trifle mit Himbeeren

150 g Himbeeren (frisch oder TK) | 100 g Sahne | 1 TL Vanillezucker | 100 g helle Biskuits (z. B. Madeleines) | 8 EL Sherry medium (ersatzweise Orangensaft)

Für 2 Personen | 10 Min. Zubereitung
Pro Portion ca. 490 kcal, 6 g EW, 26 g F, 42 g KH

1 Die Himbeeren verlesen oder auftauen lassen. Die Sahne mit dem Vanillezucker steif schlagen.

2 Die Hälfte der Biskuits grob zerpflücken, in zwei Glasschälchen verteilen und mit je 2 EL Sherry beträufeln. Jeweils ein Viertel der Vanillesahne und ein Viertel der Himbeeren daraufschichten. Die übrigen Biskuits daraufbröseln, mit Sherry tränken und die restliche Sahne darauf verteilen. Mit den übrigen Himbeeren garnieren und bis zum Servieren in den Kühlschrank stellen.

nussig | schmeckt heiß am besten

Amaretto-Pfirsich

1 großer Pfirsich
2 EL Amaretto (Mandellikör; ersatzweise Limettensaft)
6 Amarettini (italienische Mandelmakronen)
1 Eiweiß (von einem kleinen Ei) | Salz
2 gehäufte EL Zucker
ofenfeste Form

Für 2 Personen
15 Min. Zubereitung | 8–10 Min. Backen
Pro Portion ca. 220 kcal, 3 g EW, 4 g F, 37 g KH

1 Den Backofen auf 200° vorheizen. Den Pfirsich 1 Min. in kochendes Wasser legen, herausheben, kalt abschrecken und häuten. Den Pfirsich halbieren, den Stein entfernen. Die Pfirsichhälften mit der Schnittfläche nach oben in eine ofenfeste Form setzen und mit dem Amaretto beträufeln.

2 Die Amarettini in einen Klarsichtbeutel geben, mit dem Nudelholz daraufschlagen und fein zerbröseln. Das Eiweiß mit 1 Msp. Salz steif schlagen, dabei nach und nach den Zucker einrieseln lassen. Die Amarettinibrösel unter den Eischnee heben.

3 Den Eischnee mit einem Esslöffel auf den Pfirsichhälften verteilen. Im Backofen (Mitte) 8–10 Min. backen. Herausnehmen und heiß servieren.

EINKAUFS-TIPP

Die Pfirsiche müssen reif und saftig sein: Am besten eignen sich die großen gelben Pfirsiche aus Spanien oder weiße französische Pfirsiche. Statt des Pfirsichs können Sie auch 1 Birne halbieren und entkernen.

lauwarm am besten

Nektarinentörtchen

2 quadratische Scheiben TK-Blätterteig (je ca. 45 g) | 20 g Butter
2 reife Nektarinen
2 EL Zitronensaft | ½ TL Zucker
1 EL Mandelstifte
½ EL Puderzucker
Backpapier für das Blech

Für 2 Personen
10 Min. Zubereitung | 15 Min. Backen
Pro Portion ca. 370 kcal, 4 g EW, 24 g F, 35 g KH

1 Den Backofen auf 200° vorheizen. Ein Backblech mit Backpapier belegen, die Blätterteigscheiben nebeneinander darauflegen und bei Zimmertemperatur auftauen lassen.

2 Inzwischen die Butter in einer kleinen Pfanne schmelzen lassen. Die Nektarinen waschen, halbieren, entkernen und in Spalten schneiden. Zitronensaft und Zucker in einer Schüssel mischen, die Nektarinenspalten darin wenden.

3 Jede Blätterteigscheibe so mit Nektarinenspalten belegen, dass ein ca. 2 cm breiter Rand frei bleibt. Die Früchte mit der flüssigen Butter bepinseln und mit den Mandelsplittern bestreuen. Im heißen Ofen (Mitte, keine Umluft) 15 Min. backen. Herausnehmen und mit Puderzucker besieben. Dazu passt geschlagene Sahne.

TIPP

So eckig belassen gehen die Nektarinentörtchen am einfachsten. Wer Tortelettformen mit 10 cm ∅ besitzt, schneidet den Blätterteig kreisförmig zurecht und bäckt die Törtchen in den gebutterten Formen.

oben: Amaretto-Pfirsich | unten: Nektarinentörtchen

knusprig | macht was her

Pistazienröllchen

Zimt und Kardamom geben den Röllchen einen orientalischen Touch. Die Physalissahne dazu ist eine wunderbare, süß-fruchtige Ergänzung.

Für die Röllchen:
50 g ungesalzene Pistazienkerne
1 Ei
1 EL Zucker
2 EL Magerquark (100 g)
je 1/4 TL Zimtpulver und gemahlener Kardamom
2 EL Butter
2 Blätter Filo-Teig (aus dem türkischen Laden)
Für die Sahne:
8 Physalis (Kapstachelbeere)
100 g Sahne
1 TL Vanillezucker
Backpapier für das Blech

Für 2 Personen
20 Min. Zubereitung | 15 Min. Backen
Pro Portion ca. 600 kcal, 18 g EW, 41 g F, 28 g KH

1 Den Backofen auf 180° vorheizen. Ein Blech mit Backpapier belegen. Die Pistazien fein mahlen. Ei und Zucker in einer Schüssel mit dem Handrührgerät schaumig schlagen. Erst den Quark, dann die Pistazien, Zimt- und Kardamompulver unterrühren.

2 Die Butter in einer kleinen Pfanne schmelzen lassen, mit 1 EL Wasser mischen. Die Filo-Teigblätter dritteln, sodass sechs Teigstreifen entstehen. Jeden Teigstreifen dünn mit der Buttermischung einpinseln. Jeweils auf ein Ende ein Sechstel der Pistazienfüllung geben (Bild 1) und quer verteilen. Das Teigende einmal locker über die Teigfüllung legen, die Seiten etwas einschlagen und den Teig nicht zu eng (die Füllung geht noch etwas auf!) aufrollen (Bild 2).

3 Die Röllchen auf das Backblech legen und mit der restlichen Buttermischung bepinseln. Im Backofen (Mitte, keine Umluft) in ca. 15 Min. goldbraun backen. Herausnehmen und abkühlen lassen, bis die Röllchen lauwarm sind.

4 2 Physalis beiseitelegen, den Rest aus der papierdünnen Blätterhülle schälen und fein pürieren. Die Sahne mit dem Vanillezucker steif schlagen und unter das Fruchtpüree ziehen. Je 3 Röllchen mit einem Klecks Physalissahne auf Tellern anrichten und mit den übrigen Physalis dekorieren (Bild 3).

GUT ZU WISSEN

Die Physalis, auch Kapstachelbeere genannt, gedeiht in tropischem Klima. Die saftigen Beerenfrüchte, deren süß-fruchtiges Aroma an Stachelbeeren erinnert, schmecken auch im Obstsalat oder pur zu Käse.

WEIHNACHTSVARIANTE – MIT HASELNÜSSEN

100 Haselnüsse ohne Fett in der Pfanne rösten, bis sie duften. Abkühlen lassen und die Häutchen mit den Händen, so weit es geht, abreiben. Die Haselnüsse mit 1 EL Zucker und 1/2 TL Lebkuchengewürz im Blitzhacker fein mahlen. Die Röllchen damit füllen, eng aufrollen (die Füllung geht nicht auf) und als Gebäck zum heißen Glühwein reichen.

1

2

3

für Käsefans | cremig & fruchtig

Gorgonzola-Trauben-Creme

250 g grüne und blaue Trauben (möglichst kernlos)
2 EL Weinbrand (nach Belieben)
10–12 Walnusshälften
150 g Sahnegorgonzola
Pfeffer aus der Mühle

Für 2 Personen | 15 Min. Zubereitung
Pro Portion ca. 450 kcal, 17 g EW, 30 g F, 22 g KH

1 Die Trauben waschen, je zwei schöne Zweiglein für die Deko beiseitelegen. Die restlichen Trauben (ca. 100 g) halbieren, falls nötig, die Kerne entfernen. Nach Belieben mit dem Weinbrand mischen und 10 Min. marinieren. Inzwischen 6 Walnusskerne (Rest für die Deko beiseitelegen) in einer kleinen Pfanne ohne Fett rösten, bis sie duften. Herausnehmen und grob hacken.

2 Den Sahnegorgonzola in einer Schüssel mit einer Gabel zerdrücken mit frisch gemahlenem Pfeffer würzen. Die Weinbrandtrauben und die Walnüsse unterziehen. Die Creme in eine Schale füllen und zugedeckt kalt stellen. 30 Min. vor dem Servieren aus dem Kühlschrank nehmen, damit sie Zimmertemperatur hat.

3 Zum Servieren die Käsecreme mit den übrigen Trauben und Walnüssen garnieren.

UND DAZU?

Dazu schmecken Baguette oder Walnussbrot und ein fruchtiger weißer Dessertwein.

spanisch inspiriert

Käse mit Birnen-Feigen-Senf

1 reife Birne | 1 TL Butter
1 EL Zitronensaft
150 g Manchego am Stück (spanischer Schafmilchkäse)
2 EL Feigenmarmelade (aus dem Glas)
1 EL mittelscharfer Senf

Für 2 Personen | 10 Min. Zubereitung
Pro Portion ca. 280 kcal, 14 g EW, 15 g F, 22 g KH

1 Die Birne schälen, vierteln, entkernen und zwei Viertel in millimeterkleine Würfelchen, den Rest in dünne Spalten schneiden.

2 Die Butter in einer kleinen Pfanne schmelzen lassen. Birnenspalten und -würfelchen darin unter Wenden 1 Min. braten, Zitronensaft hinzufügen. Vom Herd nehmen und abkühlen lassen.

3 Den Käse von der Rinde befreien und quer in ca. 3 mm dicke Dreiecke schneiden. Mit den Birnenspalten auf zwei Tellern anrichten. Die Birnenwürfelchen samt Saft aus der Pfanne mit der Marmelade und dem Senf verrühren. In zwei Schälchen füllen und zum Einstippen dazuservieren.

UND DAZU?

Servieren Sie dazu knuspriges Ciabatta und einen reifen Rotwein.

TAUSCH-TIPP

Statt Feigenmarmelade mit Senf zu verrühren, können Sie Feigensenf aus dem Glas verwenden. Oder Quittenmarmelade mit etwas Weißwein oder frisch gepresstem Zitronensaft glatt rühren.

oben: Gorgonzola-Trauben-Creme | unten: Käse mit Birnen-Feigen-Senf

Zum Gebrauch
Damit Sie Rezepte mit bestimmten Zutaten noch schneller finden können, stehen in diesem Register zusätzlich auch beliebte Zutaten wie **Mango** oder **Spargel** – ebenfalls alphabetisch geordnet und **hervorgehoben** – über den entsprechenden Rezepten.

A

B

C/D

E

F

G

H/J

K

L/M

N/O

P

R

S

T

V/W

Z

Unsere Garantie

Alle Informationen in diesem Ratgeber sind sorgfältig und gewissenhaft geprüft. Sollte dennoch einmal ein Fehler enthalten sein, schicken Sie uns das Buch mit dem entsprechenden Hinweis an unseren Leserservice zurück. Wir tauschen Ihnen den GU-Ratgeber gegen einen anderen zum gleichen oder ähnlichen Thema um.

Liebe Leserin und lieber Leser,

wir freuen uns, dass Sie sich für ein GU-Buch entschieden haben. Mit Ihrem Kauf setzen Sie auf die Qualität, Kompetenz und Aktualität unserer Ratgeber. Dafür sagen wir Danke! Wir wollen als führender Ratgeberverlag noch besser werden. Daher ist uns Ihre Meinung wichtig. Bitte senden Sie uns Ihre Anregungen, Ihre Kritik oder Ihr Lob zu unseren Büchern. Haben Sie Fragen oder benötigen Sie weiteren Rat zum Thema? Wir freuen uns auf Ihre Nachricht!

Wir sind für Sie da!
Montag – Donnerstag: 8.00 – 18.00 Uhr;
Freitag: 8.00 – 16.00 Uhr
Tel.: 0180-5 00 50 54*
Fax: 0180-5 01 20 54*
*(0,14 €/Min. aus dem dt. Festnetz/ Mobilfunkpreise können abweichen)
E-Mail:
leserservice@graefe-und-unzer.de

P.S.: Wollen Sie noch mehr Aktuelles von GU wissen, dann abonnieren Sie doch unseren kostenlosen GU-Online-Newsletter und/oder unsere kostenlosen Kundenmagazine.

GRÄFE UND UNZER VERLAG
Leserservice
Postfach 86 03 13
81630 München

Programmleitung: Doris Birk
Leitende Redakteurin: Birgit Rademacker
Redaktion: Sigrid Burghard
Lektorat: Maryna Zimdars
Layout, Typografie und Umschlaggestaltung: independent Medien-Design, München
Satz: Uhl + Massopust, Aalen
Herstellung: Petra Roth
Reproduktion: Penta Repro, München
Druck: Firmengruppe APPL, aprinta druck, Wemding
Bindung: Firmengruppe APPL, sellier druck, Wemding

ISBN 978-3-8338-0678-0

2. Auflage 2008

Die Autorin

Margit Proebst studierte Kunstgeschichte und Philosophie, daneben betrieb sie über viele Jahre einen kleinen Catering-Service. Seit 1999 arbeitet die passionierte Köchin als Kochbuchautorin und Foodstylistin in München. Ihre Liebe zur Kunst und zu gutem Essen führt sie regelmäßig auf Reisen. In Italien, Frankreich und Spanien ließ sie sich für die Rezepte dieses Buches inspirieren, mit denen sie gerne ihre Gäste verwöhnt.

Die Fotografinnen

Ulrike Schmid und **Sabine Mader** arbeiten seit Jahren als eingespieltes Team in ihrem Fotostudio **Fotos mit Geschmack.** Inspiration finden Sie auf ihren Reisen, immer auf der Suche nach ausgefallenen Requisiten. Unterstützt wurden sie dabei von Margit Proebst (Foodstyling) und Laura Schmid (Handmodell).

Bildnachweis:

Titelbild: Jörn Rynio, Hamburg; alle anderen Fotos: Fotos mit Geschmack, Alling

Titelbildrezept:

Entenbrust mit Mango, Seite 38

GRÄFE UND UNZER

Ein Unternehmen der
GANSKE VERLAGSGRUPPE

Kochlust pur

Preis je Band: 7,50 €

Die neuen KüchenRatgeber – da steckt mehr drin

ISBN 978-3-8338-0680-3
64 Seiten

ISBN 978-3-8338-0865-4
64 Seiten

ISBN 978-3-8338-0862-3
64 Seiten

ISBN 978-3-8338-0329-1
64 Seiten

ISBN 978-3-8338-0682-7
64 Seiten

ISBN 978-3-8338-0657-5
64 Seiten

Das macht sie so besonders:

- **Neue mmmh-Rezepte** – unsere beste Auswahl für Sie
- **Praktische Klappen** – alle Infos auf einen Blick
- **Die 10 GU-Erfolgstipps** – so gelingt es garantiert

GU

Willkommen im Leben.

Änderungen und Irrtum vorbehalten

küchengötter.de
powered by GU

Einfach göttlich kochen und himmlisch speisen?

Die passenden Rezepte, Küchentipps und -tricks

in Wort und Film finden Sie ganz einfach unter:

www.küchengötter.de

Getränke – das passt dazu

Antialkoholisches

Ihr Gast ist mit dem Auto da, er mag oder verträgt keinen Alkohol – es gibt viele Gründe, warum so mancher lieber zu Alkoholfreiem greift. Kaufen Sie ausreichend Wasser und Fruchtsaft für Saftschorle.

Der richtige Wein

Weißwein zu Fisch und hellem Fleisch, Rotwein zu dunklem Fleisch – so lautete einst die Regel. So streng wird das nicht mehr gehandhabt. Heute trinkt jeder, worauf er Lust hat. Frei nach dem Motto »Erlaubt ist, was gefällt bzw. mundet«. Dennoch, es gibt Weine, die mit bestimmten Speisen besonders gut harmonieren und den Genuss zu einem perfekten Erlebnis machen. Zu den zarten Fischgerichten in diesem Buch ist trockener Weißwein, z. B. ein Grüner Veltliner oder ein Chardonnay, die beste Wahl. Zum Brasilianischen Fischtopf (S. 24) passt aber auch ein leichter Rotwein. Zu den Geflügelgerichten können Sie wahlweise weiß oder rot anbieten. Die Lammspieße (S. 42) und die Hirschmedaillons (S. 44) verlangen nach einem kräftigen Rotwein. Ob Sie zu jedem Gang den Wein wechseln oder bei einem bleiben, ist Ihnen überlassen. Wer sich nicht auskennt, sollte den Weinhändler fragen. Nutzen Sie sein Expertenwissen und lassen Sie sich Weine empfehlen, die zum Menü passen. Und: Beim Weinhändler gibt es immer passable Weine zu moderaten Preisen!

Kleine Mengenlehre

Rechnen Sie pro Person 1–2 Gläser Sekt oder Prosecco zum Aperitif und 1 ganze Flasche Wein zum gesamten Essen. Für zwei kann das z. B. 1 Flasche Weißwein zur Vorspeise und 1 Flasche Rotwein zum Hauptgang sein. Dazu brauchen Sie 2–3 Flaschen Wasser (eventuell neben sprudeligem auch ein stilles) und mindestens 1 Flasche guten Fruchtsaft (z. B. Johannisbeer- und/oder Apfelsaft). Ganz perfekt wird Ihr Menü mit einem Gläschen Dessertwein zur Nachspeise.